# Petit Ou

## fait une gr___e vetise

**Illustrations de Danièle Bour**

BAYARD JEUNESSE

Petit Ours Brun
est tout seul.
Petit Ours Brun
s'ennuie.

Petit Ours Brun
trouve un gros crayon.
Petit Ours Brun
va faire un dessin.

Petit Ours Brun
ne sait pas où écrire.
Il essaie sur le mur.

C'est bien, sur le mur,
Petit Ours Brun
peut dessiner debout.

En marchant,
Petit Ours Brun
fait un trait bien droit.

Sur la porte,
ça fait des petites bosses.
Petit Ours Brun
s'amuse bien.

Maman Ours
se fâche vraiment :
– Alors ça,
Petit Ours Brun,
c'est la fessée !

Petit Ours Brun est un héros des magazines
*Popi* et *Pomme d'Api.*
Les illustrations ont été réalisées par Danièle Bour.
Le texte de cet album a été écrit
par l'équipe de rédaction de *Pomme d'Api.*

© Bayard Éditions Jeunesse 2002, 2005
ISBN : 978-2-7470-1646-9
Dépôt légal : janvier 2005 - 7ᵉ édition
Loi 49-956 du 16 juillet 1949 sur les publications destinées à la jeunesse
Imprimé en Italie